从北戴河出发

田春来 著

天津出版传媒集团

百花文艺出版社

图书在版编目（CIP）数据

从北戴河出发 / 田春来著． -- 天津：百花文艺出
版社，2024.2
ISBN 978-7-5306-8651-5

Ⅰ．①从… Ⅱ．①田… Ⅲ．①诗集－中国－当代
Ⅳ．① I227

中国国家版本馆 CIP 数据核字（2024）第 039569 号

从北戴河出发
CONG BEIDAIHE CHUFA

田春来　著

出 版 人:薛印胜
责任编辑:李　爽
装帧设计:吴梦涵
出版发行:百花文艺出版社
地址:天津市和平区西康路 35 号　　邮编:300051
电话传真:+86-22-23332651（发行部）
　　　　　　+86-22-23332656（总编室）
　　　　　　+86-22-23332478（邮购部）
网址:http://www.baihuawenyi.com
印刷:三河市华东印刷有限公司
开本:880 毫米×1230 毫米　1/32
字数:130 千字
印张:7
版次:2024 年 2 月第 1 版
印次:2024 年 2 月第 1 次印刷
定价:58.00 元

如有印装质量问题，请与三河市华东印刷有限公司联系调换
地址：三河市燕郊冶金路口南马起乏村西
电话：19931677990　邮编：065201

旁若无人的热爱

——读田春来诗集《从北戴河出发》

◎师力斌

修辞立其诚。田春来的诗以真挚动人与朴实的诗句验证了古老的法则。他是一位真诗人,对诗歌的热爱溢于字里行间。

大众对新诗的态度有两种,一种是不喜欢,觉得没有唐诗宋词那般朗朗上口和意境,因此就有了偏见,每每总是质疑;一种是迷恋,喜欢得不得了。两种态度,非左即右,鲜有中间状态。我本人经历过两种态度,早期抱着从中小学大学得来的古诗爱,对新诗嗤之以鼻。大学毕业以后,我开始迷恋新诗,且一发不可收拾。田春来应该属于迷恋新诗的那一种。他用诗记叙抒发生活点滴:车,路,村子,大海,礁石,浪花,父母,朋友,老师,菜地,鸟儿,花朵,还有他热爱的北戴河。尽管语言朴实,但仍旧难掩深情。这令我琢磨,是人造就了诗歌,还是诗歌改造了人?怎么一沾诗歌,人就成了如此情感激荡的样子?和朋友开怀畅饮的样子,独自驾车闯荡四方的样子,在联峰山上流连忘返苦苦寻觅的样子,在北戴河边独自散步沉浸陶醉的样子,在自辟的菜园中挥锄耕种的样子,无论什么情形,总会有一个性格独特的诗人形象跃然纸上。当然是诗歌使然,要归功于新诗。五四新文化运动以来,新诗像一位女神那样以难以抵挡的魅力引诱着一代代人投入她的怀抱，让他们沉醉不知归路。人们可以怀疑新诗的水平、质地、语言，可以怀疑新诗的成就、档次、审美趣味，但绝对无法怀疑新诗的魅力。这正是一代代诗人义无反顾地奔向新诗的缘由。新诗是自由的，真诚的，是生命的自然流露。从田春来这组诗里，显然又一次看到一位普通人对新诗的赤诚和热爱。

首先是一位司机对车的热爱。世上亿万司机，很少有如此投入的表达，对落后的车型的表达，对泥泞的道路的表达，对逝去的那个时代的人和物的表达。人，只有拥有某一种事物才会有真正的、发自肺腑的热爱。农民爱土地，牧民爱羊群，父母爱孩子。田春来热爱自己旧时的汽车。从诗中得知，他的青春是车的青春，以车为家，"我们则以车为家，奔波在外 / 原材料采购，出远门送货 / 有任务，不讲条件，打起背包就出发""春夏秋冬，风雨兼程 / 车不离路，路不离车 / 深深地感受人生的离合 / 感受道路的颠簸与曲折""每一次上路，多有不测 / 总会遇到大风大雨 / 没有风雨的时候，有大雾 / 夏天泥泞，冬天冰雪 / 一路艰辛，一路坎坷 / 责任与担当，让我们无怨无悔 / 车在路上，人在旅途"那个时候没有房车，高速路凤毛麟角，"一路上没有汽车修理店 / 我们最怕路上抛锚"，路上出车并不浪漫，反而险象环生，但正是那种艰难险阻的行车历史，诗意丛生。只从他喜爱听车的声音这一点便能看出来："我听惯了这声音 / ——我的歌 / 如黄鹂鸟唱的一般动听 / 比大海的涛声悦耳""风声雨声伴奏 / 马达车轮的音响 / ——我的歌 / 是一首唱不尽的歌 /

2

听不够的歌"。在我看来，以车为家正是以厂为家的写照。第一辑的叙写抒发初具规模，尚不过瘾，如能再详尽地回忆几次出车的经历，可能更生动，更具历史感。

其次是对北戴河的热爱，表现在第二辑"北戴河二十四景"里。诗人以此改写了北戴河，扩充了北戴河。"北戴河"作为一个为大众熟知的当代城市文化符号，有着确定的意指和意识形态特征，比如高大上的疗养胜地、避暑胜地、伟人观景地、重要政治会议召开场所等。田春来为我们呈现了一个与上述公共形象完全不同的平民旅游景点的形象。与我所知晓的碣石、大海、沙滩等完全不同。诗人描绘了一个充满地方性知识和个人记忆的旅游地图，联峰山、莲花石、观音寺、古墩台、金山嘴、南天门、骆驼石、如来寺、赤土山、怪楼、鹿圈、通天洞、福饮泉、霞飞馆、虹桥、仙人洞，可谓事无巨细，名目繁多，闻所未闻。在这幅地图里，诗人像向多年不见的好友劝酒一样，不遗余力地推销他理解的北戴河美景。虽然我从未身临其地，但也想冒昧地推想，这些景点比起大海、沙滩和海天一色的壮丽景象未见得多么引人入胜，却肯定令诗人自己流连忘返，津津乐道。山、石、洞、泉、台、寺、门、桥，几乎是天下一切山水名胜的标配。老虎石、对语石、莲花石、仙人洞、桃源洞、通天洞，这么多石和洞，能有多大区别呢？但在诗人看来，它们显然各美其美，争奇斗艳，无可替代。所谓"登临多物色，陶冶赖诗篇"，在田春来的"北戴河二十四景"这里表现得尤其典型。诗意恰恰诞生于被人忽略的地方。这或许正是桃花源的本意。对这些事物的真正拥有是诗人歌咏的动力。二十四景是属于田春来的。这组诗捎带考古发现，展示了大量被主流叙述忽略的部分，这印证了诗人的真挚。我喜欢他这样的句子，"山下的龙王庙／村里的财神庙／有过中国最早的飞机场／比上海北京要早许多"，突如其来，以讲掌故的口吻，充分表达了他对乡土的热爱。"生在北戴河是一种幸福／生活在北戴河是一种幸福／情之所依，爱之所在"，读到这里，我脑子里突然生出一句话：旁若无人的热爱。

这本诗集至少有两个容易被忽略的主题，讲述那个年代，讲述"你们"所不知道的北戴河。对那个年代的自信，和对故乡的自信，构成诗集的情感支点和审美合法性。对"打起背包就出发"年代的深情回忆，是许多诗篇的主题。诗人采用讲述掌故的口吻，"那是一个讲奉献的时代""那个年代的我们／正是这样做的"，多处这样的句式，一再申明向"后人"传达自己的意图："但是我们可以做到／承前启后，把我们知道的／告诉给后人，让他们知道／我们曾经拥有过"。这些携带社会信息的个人史回忆，增加了诗歌的历史意味和情感含量，为质朴的叙述平添意蕴。诗作经常采用一种二元结构，前半部分宏观空阔，后半部分回到自我，将诗歌的叙述落到自我，避免了诗歌常见的不及物和伪抒情。有关亲友、田园、风物的篇什，也都展现了这样的结构，紧紧围绕"我"与"他人"和外界的关系展开。我很喜欢诗中人名的出现，这些人名一定是真实生活中的，正如汪伦、董大、黄四娘的名字出现在唐诗中一样。即使像《写给祖国母亲的歌》《写在党的百年华诞之际》这样的歌颂体诗，也没有落入常见的俗套，没有大词滥用和空洞抒情进行到底，而是坚定在终章回到自我体验，避免了"新婚之夜抄党章"之类的低级红，像"我是一个唯物主义者／不信鬼神／不信天命"这样的自我指认，将诗歌拉回到个体经验的真诚中来。我也喜欢《人与鸟的君子协议》这样的"协议形式"的诗，情之所至，自然别致。另外我想说，在语言上的散文化有助于作者的自由表达，但显得过于松散，不够精致，诗意不浓，如果能再精致和陌生化一些，可能会效果更佳。总之，田春来的诗注重情感，坚守朴素，突出真实体验，避免了伪抒情，是很可贵的。

2023 年 7 月 22 日于通州大方居

北戴河，诗一样的故乡

——谈谈田春来的诗

◎郑道远

生活在北戴河的人是幸运的，生活在北戴河的诗人尤其幸运。因为北戴河是一片诗的土地。不仅是中外闻名的避暑胜地，更是文化之花盛开的美丽花园。

北戴河是政治领袖、文学大咖光顾的地方，他们留下很多宏篇巨制，产生很多趣闻轶事。

田春来，一位在北戴河长大的车夫，受北戴河文化氛围的熏染，成长为颇有成就的诗人就顺理成章了。

> 那是一个值得回忆的年代
> 当时最流行的话是"方向盘、听诊器"
> ——汽车司机是令人羡慕的职业
> 或许是子承父业的缘故，我选择了它
> 选择了在车轮上度过大半生的职业
> 选择了风风雨雨的岁月
> ——《风景在路上》

没有华丽的外表

我的车最适合于我

没有谁比我更了解我的车

没有谁比我更喜爱我的车

　　　——《我的车》

春来的诗非常纯朴，如同他的人。诗的字里行间朴实无华，很少修饰，与人聊天一般，大实话，但读完后，掩卷细思，便能感到诗性的光芒。

春来对北戴河的爱是深入骨髓的，因为他生于斯长于斯。为了北戴河，他可以流下汗水，吃尽辛苦。为了探寻传统的二十四景，他或自己或与朋友踏遍荆棘，追根溯源，排除了众多的不确定性，并满含深情地为每一个景点写了诗。

年代久远了

连接项链的穿绳断了珠子散落一地

滚落到历史的尘埃里

我们想把它找回

然后用清水将其洗磨干净让它重新闪光

重新戴在美人颈上

　　　——《探寻北戴河二十四景》

通过探寻，春来找到了满目疮痍、荒草丛生、破损的楼体、残缺的门窗的怪楼，这颠覆了我们的认知，我们看到的怪楼公园，并不是最早的怪楼，因为那个早期的神秘的怪楼已经消失了。可以说，没有春来的热忱，我们不会在文字上真正认识北戴河二十四景。

春来是极重感情的人，甚或对任何人都十分友善。在他的诗里，既有对伟人、名人的怀念，更有对家人、朋友的爱恋。

在我童年的时候
父亲因工作忙很少顾家常年出门在外
家里只有奶奶、母亲和我
我们父子之间很少交流，形同陌路

直到父亲去世后，我才明白
父爱是深沉的，厚重的，无需言表
或许这就是我的父爱
父子间的一种默契
记得有一年冬天
父亲下班回家来
带给我一个漂亮的冰车
这是父亲让木匠师傅专门为我精心制作的
和其他小伙伴相比
我的冰车精致极了让他们羡慕不已
我的心里别提多高兴了

我上小学的时候

最喜欢打乒乓球

父亲特意从外地

给我买来两盒红双喜乒乓球

整整 12 个

我高兴地把每一个乒乓球

用圆珠笔精心地写上：

1970 年 10 月 15 日

我刻骨铭心地记住了这一天

永远的父爱

一生中即使只有这两次

足矣

——《父爱》

不禁泪目……

春来的爱是博大的。他不仅爱家人、爱朋友，就连北戴河
的一花一木，他都展现出发自心底的爱。

紫色的花，幽香的花花的海洋，花的世界

百亩花海，马鞭草花盛开了

每一株花草，都是有灵性的

她会带给你一生的好运和浪漫

9

她会带给你真情与永久的爱

你不会拒绝花神之约
缪斯在召唤，请到薄荷花海来

——《请到薄荷花海来》

就连一只鸟，在春来的笔下也是那样灵动可爱。

黄鹂鸟又唱起来了
歌词大意是——
我喜欢这片森林我热爱这片土地
我歌唱养育我的家乡
歌唱纯朴善良的人民

歌唱是我的
天性、本分和义务
我要歌唱——
不厌其烦地唱下去

——《黄鹂鸟》

相信春来为了自己的家乡，会"不厌其烦"地唱下去。

春来在这部诗集的第五辑中，多次提到了我，这源自他对友情的珍爱，我十分感谢他！这一辑的标题是"写给海子"。我在橡树岭创办了中国诗人角，内建海子纪念馆，立了海子石，塑了海子像。在成立管理机构时，我想应该将创作有成绩并热心为诗友服务的人吸纳进来，所以，我想到了春来。最后，春来以北戴河区作协副主席、诗词学会会长的身份，当选了中国诗人角管委会副主任。实践证明，这个选择是正确的，几年来，春来热心、不遗余力地为诗友服务，得到了很高的评价。

太阳一点点温暖
大地的体温日渐上升
鸟声打断了岭上的宁静
我们跟随着季节
去橡树岭走走，看看老郑

岭上的诗人真的不少
都是朋友，都是诗友
相约相会，饮酒赋诗
没有激情的爱是长不大的
酒精点燃了诗歌的豪情

没有激情的诗是不看好的
诗人们恰恰不缺少激情

看!

好客的橡树岭正在忙碌着

招待这些远道而来的朋友

——《春天的橡树岭》

　　这是我很喜欢的一首诗（不是因为提了老郑），因为这首诗有情有境有故事。

　　有故事是春来诗的一个特色。他总是带着情感描摹一件事情，读者在了解事情来龙去脉中，受到情绪的感染。

　　当然，春来的诗不是尽善尽美的。比如，他对诗歌语言的提炼有时还欠火候。有的诗有散文化的倾向。也许，那种淡泊不华丽、平白如话亦是他对诗艺的追求。诗有千般写法，各唱各的调，才能成就诗坛的繁荣。

　　生在长在北戴河是春来之幸，热爱和歌颂北戴河是春来的执念。一个不爱家乡的人，怎么去指望他爱国爱他人！

　　春来的方向，对了！继续！

2023 年 5 月 16 日

　　（郑道远，中国作家协会、中国诗歌学会、中华诗词学会会员，曾参加诗刊社第七届青春诗会，现任中国诗人角管委会主任。）

目录
CONTENTS

✎ 第一辑　从北戴河出发

从北戴河出发 /3

东去哈尔滨 /4

西去关中 /7

我的车 /9

驶向春天 /11

在路上 /13

风景在路上 /15

奉献 /17

人在旅途 /19

车去衡水 /21

路上 /23

无怨无悔 /24

感悟 /25

在异乡，才会感到家乡的美好 /26

衡水湖 /27

衡水湖鲤鱼 /29

衡水人 /31

远方 /33

我的歌 /35

🖊 第二辑　北戴河二十四景

小序 /39

联峰山 /41

莲花石 /43

观音寺 /44

古墩台 /46

桃源洞 /48

对语石 /50

老虎石 /51

金山嘴 /53

南天门 /54

骆驼石 /56

如来寺 /57

基督教福音堂 /59

鸽子窝 /61

赤土山 /63

怪楼 /65

鹿圈 /67

通天洞 /69

海眼老虎洞 /71

福饮泉 /73

朱家坟 /75

霞飞馆 /77

虹桥 /79

韦陀像 /80

仙人洞卧佛洞 /82

第三辑　大海在怀念

写给祖国母亲的歌 /87

干姥姥 /91

父爱 /93

中秋 /95

致友 /96

北戴河 /97

写给大海 /98

联峰海市 /100

浪花 /102

潮汐 /103

在大海边 /105

致大海 /107

碧螺秋月 /109

十五的月亮，是北戴河的月亮 /110

观看碧螺塔"海上升明月晚会" /112

沙滩 /114

友谊天长地久 /115

怀念刘克君老师 /117

第四辑　黄鹂鸟

黄鹂鸟 /123

在梨园小路散步 /125

我不想与鸟儿们争夺领地 /126

喜鹊窝 /128

白嘲 /130

种诗 /132

人与鸟的君子协议 /134

种菜 /136

土地闲置是一种罪过 /138

能量守恒定律 /140

请到薄荷花海来 /141

花海中，有一位神秘的白发老者 /142

薄荷对马鞭草如是说 /144

树木遮蔽下的修理厂 /145

蓝莓花儿开 /146

忧虑 /148

薄荷村庄 /150

春天 /152

春天的脚步 /153

乡村晨曲 /154

秋殇 /156

三月的雪 /157

上班路上 /158

山 /159

✎ 第五辑　写给海子

写给海子 /163

春天，想起海子 /165

三月 /167

海子石的故事 /169

橡树岭之约 /171

春天的橡树岭 /173

写给寒风中的老郑 /175

刘冷月印象 /176

✎ 第六辑　赤土山村拆迁一页

雨中的赤土山村 /181

工作组张作旺同志如是说 /183

站在赤土山上，我们见到的 /185

赤土山新村一瞥 /187

游六峪山庄 /189

游山海关三清观 /191

秋游兔耳山 /192

南山村一瞥 /194

迷人的野菊花 /196

围挡 /198

第一辑

从北戴河出发

从北戴河出发

从北戴河出发
出山海关奔盘锦
从营口的大石桥入口
上沈大高速公路
——我们工厂的产品
大都出口国外，走大连港

沈阳到大连
千里征程，千里风光
我们却无暇欣赏
两位司机轮换驾驶
歇人不歇车
我们昼夜不停地赶路
想早点卸货装船
早点办完业务，早点回家

东去哈尔滨

1979年9月17日的那天
我们从北戴河出发，远去哈尔滨
哈尔滨量具刃具厂——哈量
这个国内刃具行业最大的龙头企业

第一次开车跑这么远
工具箱装满了汽车配件
以备急需之用，那时候
一路上没有汽车修理店
我们最怕路上抛锚，耽误厂里的业务

我们出门靠的是一本地图一张嘴
边走边看地图，一路打听
开车最怕走冤枉路

既浪费汽油又耽误时间

我们还是错走了辽河油田

油田的路况实在太差

一天的颠簸，令人难以忍受

我第一次知道什么是胃痛，什么是晕车

不记得走了多少天，我们总算顺利到达

到达了我一生中

仅仅去过一次的北方大城市

——哈尔滨

回来时

有哈量车队的车辆同行

我们轻车熟路，甭提多高兴了

千里之途结交了一位车友

年轻的师傅叫徐国庆

我们在公主岭月下散步

北镇街上看夜景

哈尔滨之行

往返四千多华里

历时15天

有惊有险，有苦有乐

提起那些话题

滔滔不绝

西去关中

春节刚刚过去，正月里
我们带着液化气罐和厨具
驾驶着雁牌双排座汽车
上路了，一路向西

冰雪覆盖着路面
汽车似乎在爬行
前排座两个司机，轮流驾驶
后排座一个业务员兼厨师
正月里，路边的店铺不开业
我们自己做饭，边走边吃
走走停停，一天不知走了多少路

驶过平原

驶过黄河

来到秦岭

我们登上了华山

我们观看窑洞

向老乡打听我们冀东人

不知道的事情

到了西安的时候

我们参观了兵马俑

当我们踏上关中大地的时刻

当我们的汽车开进

关中工具厂大院的时候

我们长长出了一口气

兴奋不已

在宾馆休息之后

去车间装好设备

我们又一路高歌

原路返回，凯旋

我的车

我的车
是大马力的"解放"
崭新的"东风"
雄壮的"黄河"

道路的颠簸与曲折
风雨的吹打与蚀磨
赋予了它
昆仑的骨骼，黄河的性格

没有华丽的外表
我的车最适合于我
没有谁比我更了解我的车
没有谁比我更喜爱我的车

我的车

是大马力的"解放"

崭新的"东风"

雄壮的"黄河"

驶向春天

带着全厂工人的期盼

和老厂长的嘱托

我们上路了

一路曲折，一路坎坷

车不离路，人不离车

旅途是艰辛的

使命是神圣的

从北到南，从东到西

我们一路走过，当我们

对自己的职业做出选择的时候

就已经选择了付出

——人生的分离甚至生命

从家乡出发的时候还是冰天雪地

驶过黄河之后，渐渐发现

路边的柳树绿了，田野的麦子高了

春风迎面吹来

我的车，正驶向春天

在路上

车行驶在路上
我们行走在人生的路上

一条条河流
一座座村庄
一片片庄稼
一片片土地
那么多的故事
那么多的风景
从车窗两侧掠过
我们无暇欣赏
我们有我们的
理想和信念，责任与担当

我的车

有一台永不熄火的发动机

车行驶在路上

我们行走在人生的路上

风景在路上

那是一个值得回忆的年代
当时最流行的话是"方向盘、听诊器"
——汽车司机是令人羡慕的职业
或许是子承父业的缘故，我选择了它
选择了在车轮上度过大半生的职业
选择了风风雨雨的岁月

那是一个讲奉献的时代
工人们以厂为家，加班加点
生产来的产品大都出口国外
为国家创汇，为集体增收
我们则以车为家，奔波在外
原材料采购，出远门送货
有任务，不讲条件，打起背包就出发

马达声声，车轮滚滚
一路曲折，一路坎坷，一路风景
风景在路上
在风风雨雨的路上

奉献

从南方驶向北方
从北方驶向南方
纵横交错的一条条公路
任我驰骋与穿梭

吃的是草
挤出来的是奶
我们是勤勤恳恳的老黄牛
我们是吃苦耐劳的骆驼

春夏秋冬，风雨兼程
车不离路，路不离车
深深地感受人生的离合
感受道路的颠簸与曲折

神圣的使命，高风险的职业

一生默默奉献，一生都在奔波

人在旅途

喜欢那首老歌——
毛主席的战士最听党的话
喜欢歌词中的那句话
——打起背包就出发

是的，那个年代的我们
正是这样做的——
风里来雨里去，甘愿奉献
奉献出自己的青春
如热处理车间的炉火
升腾着我们的激情

每一次上路，多有不测
总会遇到大风大雨

没有风雨的时候，有大雾
夏天泥泞，冬天冰雪
一路艰辛，一路坎坷
责任与担当，让我们无怨无悔
车在路上，人在旅途

车去衡水

多少年之后，又一次次
从北戴河出发，车去衡水

因为外孙女的缘故
因为她考上了衡水中学
我们要与衡水，结一段缘
这大概需要六年的时间
别无选择，一定要坚持住
坚持就是胜利

只要外孙女能够坚持住
她不说什么，我也不说
我会改变自己
即使是魔鬼

我也会与它和解

我还要赞美它

路上

确切地说是在高速公路上
从北戴河出发去衡水中学
一千多里地的路程
一口气需要开车六个多小时
对于有着四十年驾车车龄的
老司机来说
小菜一碟

还说我老朽吗?
不中用吗?
终于有了机会可以和年轻人
比试一下了
终于可以大显身手了

无怨无悔

隔三岔五地要去一次

往返于北戴河与衡水

一次花销一千五百元的费用

重要的是安全问题

时间可以忽略不计

不仅仅是我们一家这样

看到这么多人忙忙碌碌的

感叹人生真的不容易

这一切都是为了孩子

为了下一代

我们只能是这样的

我们无怨无悔

感悟

一个个村庄
一座座城市
从高速公路两侧
一闪而过，我觉得
都是大同小异
一模一样的没有任何区别
不过是一个符号而已

这就是我开车
在高速公路上的感觉
我们注重的是目的地，是终点
我们急急忙忙赶往的地方
其他的只是路过，是过客
眼前的一切都是过眼云烟

在异乡，才会感到家乡的美好

无意贬低他乡

他乡再美

除了身心疲惫

似乎与我无关

你只能挥一挥衣袖

带不走一片云彩

家乡有大海

有梨园，有菜地

有马鞭草花一样漂亮的姐妹

有亲朋和诗友

树高千尺

落叶归根

只有在异乡

才会感到家乡的美好

衡水湖

素有"京津冀最美湿地"
"京南第一湖"之美誉的衡水湖
历史悠久，物产丰富
有宽广的湖水，茂密的芦苇荡
有荷塘、湖心岛，还有二十四景
遗憾的是，我没有充裕的时间去游览

在牧马庄园小区
20栋一单元的304室
我推窗遥望衡水湖
在一本《衡水民俗风物》的书里
我时常翻看衡水湖

去市区的大超市购物
路过衡水湖景区，我在门前拍照
留个纪念，算是到此一游

衡水湖鲤鱼

我们开车去衡水湖
只是走马观花地看一看
收获不大，总觉得缺少点什么
于是，我们走进路边的一家鱼店

店老板用网兜为我们挑鱼
麻利地捞上来一条8斤的鲤鱼
将这条活生生的鱼打晕、刮鳞
开膛破肚，收拾干净
节省了我们回去加工的时间

中午时分
炖好的味道鲜美的鲤鱼端上桌
没有一点点土腥味

赵滨华老兄的厨艺真的不错
从不喜欢吃鱼的人都说好吃
这让我胃口大开，又喝多了

来衡水不吃衡水湖鱼等于白来
饭后茶余，想起那条活生生的鱼
不免心生一丝罪过

衡水人

过去经常出门
总结出一条小经验
更深刻地理解了
一方水土养一方人

一个地方的人好
说话和气
物产会丰富
水也好喝
水果亦甘甜
蔬菜更好吃
衡水的水土养人

这或许就是衡水人

说话柔和、不生硬的缘故

让异乡人没有寄人篱下的感觉

本打算小住几日

竟乐不思蜀了

远方

远方，迷人的远方
童年的梦想
我想去的地方

走了几十年
走到今天
现在的地方
原来是童年的梦想

你可以周游世界
绕地球一周
还会回到原点
出发的地方

远方，并不遥远

远方，或许就是家乡

叶落归根的土地

我一生的终点

我的歌

车轮滚滚

喇叭声声

再熟悉不过的曲子

——我的歌

春夏秋冬

经久不息

我听惯了这声音

——我的歌

如黄鹂鸟唱的一般动听

比大海的涛声悦耳

风声雨声伴奏

马达车轮的音响

——我的歌
是一首唱不尽的歌
听不够的歌

第二辑

北戴河二十四景

小序

绝不是一时的心血来潮
我好多年前就有这样的想法
那是美人颈上的一条项链
项链上粒粒都是明珠
数一数整整二十四颗

年代久远了
连接项链的穿绳断了
珠子散落一地
滚落到历史的尘埃里

我们想把它找回
然后用清水将其洗磨干净
让它重新闪光

重新戴在美人颈上

项链上的二十四颗明珠

就是北戴河二十四景

联峰山

联峰山，又叫莲蓬山

燕山余脉，面积三百多公顷

海拔一百五十多米

有东联峰、西联峰之分

山中怪石嶙峋，万松林立

这是一个有风景

有故事有灵性之神山

远远望去

如莲花一朵

遗憾的是，我们

从未遇过你的花期

或许是昙花一现
或许是铁树开花
千年一次
让我们今生无缘

莲花石

无需山盟海誓
何必海枯石烂
让我也化为石头吧
莲花一样的石头
依偎在你怀里
永远永远

就这样
以荷的方式
爱一座山

观音寺

联峰山之东北

诸峰环抱

有观音寺，亦名广华寺

内藏经典曾达数百卷

几经修缮

林中有钟楼

门前有古槐

周围是苍松翠柏

听老人说

他们曾年年赶庙会

当时的寺庙很热闹

这些年，来这里的游人

更是络绎不绝

观音寺也被列为
省级文物保护单位

古墩台

2013年的一天
我和立群兄探访古墩台

先前只知道它的大概位置
我们开车几经周折
在大院里转了好长一段时间
才在281医院后院的
一片绿树之中找到了它

古墩台
坐落在西联峰山麓
相传为古时烽火台故址
台高丈余，顶方而平
修建于明代，用于海防

经过岁月的磨砺
后来又几经重建

登上古墩台
首先映入眼帘的
是一望无际的大海
看似平静却危机四伏
波涛涌动的海

探访古墩台
我们收获颇多，感慨颇多

古墩台的意义何在
它给我们的启示是什么
居安思危，警钟长鸣
我们一定要有忧患意识

桃源洞

联峰山

你究竟隐藏多少

鲜为人知的秘密?

作为土生土长的

北戴河人

无数次登临峰顶

竟不知,半山腰还有一个

桃源洞

南临大海

西傍桃林

山脚下小桥流水

山顶上祥云缭绕

宛如世外桃源

人间仙境

这里流传着
一个动人的故事
一个再版的《桃花源记》
不同的是传说中的主人公
武陵渔人换成了
白衣狂生

如果谁不安于现状
或者是想入非非
那就请到洞中看一看
你可能会见到
另一个世界
至少会圆你
南柯一梦

对语石

可望不可及
天涯咫尺
心有灵犀
轻轻对语

谁说石头没有情感
自然界也有梁祝
久观对语石
思考爱的真谛

老虎石

原来你也爱大海
爱北戴河的这片海
从遥远的山林里来
从神鞭的传说故事中来

潮水磨去了所有的棱角
岁月蚀去了原始的野性
温顺得如一群羔羊
虎头虎脑地在岸边散卧
任人嬉戏、攀登
从此这片海域不再寂寞

山水相连，海天一色
金海岸，黄沙滩

北戴河——
人间的伊甸园

金山嘴

美丽的半岛
迷人的半岛
我们只能在你的脚下环游
我们只能远远地欣赏你

北戴河的海是温柔的
只有金山嘴的海是狂暴的
这片海域风大浪急
海流深不可测
沿岸怪石丛生

狂暴的大海——
有南天门为证
有对语石为证

南天门

深一脚

浅一脚

踏着冰雪

围墙与栅栏

挡不住神秘和诱惑

铁锁锈迹斑斑

石头已经风化

周围一片荒凉

禁锢得太久了

门也就失去了意义

敢问此门

何时才能开放?

美丽诱人的海域

春潮融化着岸边的积雪

人们似乎已经忘记了关于你的传说

若干年后有谁还会记住你的名字

骆驼石

你诞生于一个古老的传说
你来自遥远的沙漠

如今，这袒露的身躯
早已是锈迹斑斑
伤痕累累了
弯曲的脊背
如起伏的峰峦
昂起的额头
昭示着你的
顽强与不屈

汗血盐车
一生只求负重

如来寺

掌管山中
所有生灵
花草树木的
原本是山神和土地
不知什么时候
又建了一座如来寺

一定是佛祖
放心不下他的信徒
普度众生，屈驾到此

此后，佛光普照
佛陀保佑
让周边的村庄百姓

和出海的渔民

平安无事

基督教福音堂

凤非梧桐不栖
非名山不留仙住
过去只是听说
今天亲眼所见
高耸的教堂拔地而起
远来的西方之神
神秘并不陌生
北戴河接待八方游客
也不慢待各路诸神

以后的日子
也许真的要和上帝同在了
这又有什么不好呢
信仰不同，和睦相处

谁让我们居住在同一座城市
谁不愿意我们的生活
多一分祝福
少一分邪恶

北戴河，一座美丽的
海滨小城，一定是
人类先祖曾经丢失
被后人重新找回的
伊甸园——
人间的大堂

鸽子窝

大浪淘沙
潮起潮落
大海是永恒的

风化了上亿年的鹰角石
像一个挂着拐杖的老者
野生的鸽子早已不见踪影

每一次来鸽子窝
都感叹生命的短暂
岁月的无情

在公园内
我们看到了一群群鸽子

都是人工喂养的
鸽子窝名副其实了

这里有新建的
望海长廊、人工湖
还有木栈道和樱花树
还有屹立在
我们面前的这位伟人
和刻在大理石上的
不朽诗篇
——《浪淘沙·北戴河》

赤土山

海拔不过百米
山势也不陡峭
没有感觉气喘吁吁
我们便轻松到达山顶

山上的亭子依旧
护林的瞭望塔依旧
南山坡的松树间
高大的橡子树依旧

那年秋天
我们一行人
背着相机上山
满山坡地捡橡子

捡到了满满的一兜

和儿时的童趣与欢乐

据王洪德老人说

这里曾经有两个庙

山下的龙王庙

村里的财神庙

有过中国最早的飞机场

比上海北京要早许多

百年沧桑

青山未老

赤土山的本质

依然是红色

怪楼

满目疮痍

荒草丛生

一棵遮天蔽日的大树

覆盖着破损的楼体

树干上有许多刀刻的字迹

残缺不全的门窗

楼内有水井

怪楼，对于我来说

是神秘的，据说

设计者叫辛伯森

该楼有99个窗户99个门

楼内有机关有暗井

与不远处的大海相连

外人进去一定要做标记的
不然会迷路
那真是一个迷宫
是捉迷藏的好地方
上小学的时候去过一次
当时我们玩得很开心
几十年后记忆犹新

一个神秘的怪楼消失了
今天已经找不到任何痕迹
时代的车轮滚滚向前
北戴河更是焕然一新
一个全新的怪楼公园
在百花山上落成
成为现在的一个旅游景点

鹿囿

在联峰山坡上
在浓荫密布的松林间
三五成群的鹿
或低头吃草
或呦呦欢鸣
或追逐奔跑

不必担心
这群鹿会丢失
四周围有栅栏
——鹿囿
是那个时候
莲花石公园的一大景观

长成之后的鹿茸

供应北京怀仁堂药店

以后鹿囿关闭了

这群鹿去了

秦皇岛人民公园

再以后去了

北戴河档案馆

通天洞

查《北戴河海滨志略》
"通天洞在骆驼石之南
上下贯澈，游者恒穿越而过"
民间，则有老黄牛的故事
牛郎神成仙之传说

前些年
我和几个诗友
走遍尖山，寻找洞口
多亏了，太平庄村
一位老者的指引
才找到此洞
让我们不枉此行

喜悦之中

有太多的失望

这就是曾经的北戴河

二十四景之一的通天洞

很久很久没有人来过了

荒草丛生，灌木丛

遮住了坍塌的洞口

哪里还能够通天

物竞天择

优胜劣汰

大自然不过如此

海眼老虎洞

联峰山奇石怪洞多矣
莲花石在山前
蛙石在山顶
海眼就在西联峰
当地人叫它老虎洞
还流传着好几个
不同版本的故事传说

那年我和增荣、贺军三人
爬山越岭，走近路
去了一次
我们爬进洞里待了一会儿
没有闻到海潮的声音
闻到的只是松涛之声

当时我们看到

不知是何种动物的粪便

就赶紧出来了

怕它们回来，与之遭遇

老虎洞之行

我们没有虚此一行

却收获甚微

当今的人们更讲究实际

来北戴河的人

奔的是大海

谁愿意爬山，费时费力

看一个洞

福饮泉

联峰山中
龙山之下
有石洞，洞下有泉
常有热气蒸腾
夏冽而冬温

福饮泉，传说
与唐朝白袍将军有关
薛礼征东的故事
我们自幼耳熟能详

那时候
大军途经渤海湾碣石之地

苦于一时寻不到水源
将军神勇，情急之中
一戟戳出此泉
立解三军将士饮水之急
成为民间的神话传奇

旧地重游
令人怅然若失
泉水枯竭，空留遗址
青山依旧，物是人非
福饮泉虽在
碣石何在？
将军何在？

朱家坟

联峰山公园南端
莲花石下不远处
有一片造型别致的坟茔
琉璃瓦花窗，石头围墙
周围奇花异草，苍松翠柏
墓地的主调似乎是西洋式的
又有中国南方茔墓的一些特点

墓地建筑与周围的景色
协调地融合在一起，高雅不俗
或许这也是为什么能够成为
北戴河二十四景之一的缘故吧

朱家坟的主人是朱启钤

先生早年曾到过欧美等国家
他生前精心设计的朱家茔地
无非是想死后能够葬到这里
只是老先生的愿望最终没能实现
死后去了北京八宝山公墓

把坟茔建在联峰山上
且保留至今，无人能及
朱启钤先生是多么的不寻常
对北戴河早期开发的贡献之大
可想而知

霞飞馆

东临钟亭
西靠莲花峰
南有莲花石
北面是古刹观音寺
——霞飞馆
还有一个好听的名字
叫"松涛草堂"

那时，霞飞馆的大草堂
与吴家楼、段家墙
河东寨的四姑娘盛名一时
是流行于当地的民谣四绝
繁华之处，可想而知
可惜今天早已灰飞烟灭

了无痕迹

后来，在霞飞馆的旧址上
又建起了一座新楼
——96号楼，即林彪楼
如今也是人去楼空
曾经的辉煌成为历史

前些年，去联峰山
我们曾经到过此楼
当时院门紧闭，叶落缤纷
我们只是隔墙瞭望，没看仔细
如今那里不再对外开放
当年留下了这点遗憾
令人惋惜

虹桥

联峰山麓，泉水潺潺
有石桥横跨山涧
桥呈朱红色，犹如一道飞虹
人称"虹桥"，又叫"飞虹桥"

遗憾的是，我们只能
在志书上见到它一些痕迹
如消失在历史长河中的
许多东西，那些美好事物
都将成为历史

但是我们可以做到
承前启后，把我们知道的
告诉给后人，让他们知道
我们曾经拥有过

韦陀像

西联峰山前有巨石
顶方平，可十人坐
有摩崖石刻韦陀像
大逾寻丈，相传为唐以前故迹
——《北戴河志略》如是说

前些年，为寻找二十四景
我们一行人
驱车开往那里

乡村的一段道路
坑坑洼洼，垃圾遍地
大小坟堆无数
野草丛生，杂乱不堪

这一次
有树合做向导
我们一路顺利
巨石完好无损
韦陀像依稀可见

回来的时候
我们的心情不是很好
联峰山诸神攘攘
为何韦陀遭此冷遇

也许是离农村太近了
这里成为被人遗忘的角落
或者是我们供奉的神灵太多了
人们太忙，无暇顾及

仙人洞卧佛洞

龙山南坡有石洞

洞内有佛卧于石床之上

传说洞前草甸处

有千奇百怪之石僧

或双目微闭

或双手合十

或喃喃诵经

如今，沿洞前阶梯走过

我们便可以看到卧佛

此地常有游人

洞内不乏香火

联峰山不高

有仙人居住
如何不闻名于天下
有诸神保佑
此地如何不太平

第三辑

大海在怀念

写给祖国母亲的歌

——写在新中国七十周年华诞之际

山海在欢呼

戴河在歌唱

为新中国建国七十周年欢呼

为新中国七十周年华诞歌唱

为祖国母亲欢呼

为祖国母亲歌唱

我们为祖国母亲骄傲

我们为祖国母亲自豪

五千年悠久历史灿若银河

九百六十万平方公里土地幅员辽阔

五十六个民族空前团结

十四亿炎黄子孙血脉相连

没有祖国哪有家
没有家哪有你和我
祖国是大家
祖国是——母亲

过几天
是我母亲逝世两周年的纪念日
母亲披星戴月，含辛茹苦
养育了我们兄弟姐妹
母亲经历一生的坎坷岁月
见证了新中国的风风雨雨
母亲走了
当我再去母亲家里的时候
打开那熟悉而又陌生的门锁
不由自主地喊一声：母亲
屋子里没有了母亲的回应
空荡荡的房间令人心痛
母亲不在了
此刻，没有了家的感觉
我一时沉默无语，百感交集
是母亲
让我重新审视人生和生命的意义
让我们的家庭更有凝聚力

让我心怀责任，勇于担当

是母亲

让我发愤图强

不敢有丝毫的疏忽与懈怠

是母亲

让我心怀感恩与怜悯

珍惜亲情和友情

让我对祖国无怨无悔，更加热爱

慈母手中线

游子身上衣

我们怀念母亲

更深爱自己的祖国母亲

不以物喜，不以己悲

先天下之忧而忧

后天下之乐而乐

古士大夫尚能如此

况且我辈

母亲！祖国！

祖国！母亲！

我们都是炎黄子孙

我们都是龙的传人

美好的大家庭我们都要珍惜

不做对不起祖国母亲的事情

我们不会容忍分裂祖国的行为

愿我们的祖国繁荣昌盛更加富强

老百姓安居乐业

早日实现中国梦

山海在欢呼，戴河在歌唱

歌唱新中国七十周年之巨变

改革开放四十载戴河两岸换新颜

歌唱祖国

歌唱母亲

歌唱我们的新时代

干姥姥

新河南岸的杨树林绿了又黄
黄黄的落叶洒满了干姥姥的墓地
仿佛我又见干姥姥笑了
这么多这么大的树叶
今冬家里的大火炕不愁没有柴火烧了

干姥姥离开我们已有好多年了
纷纷飘落的树叶总会让我想起从前
这些年，干姥姥的身影老在我眼前晃动
在我的记忆中，干姥姥的体魄魁梧高大
里里外外一把手，操持着这个家
尽管到今天我都不知道她的名字
只要想起她，总会令我肃然起敬

姥姥家在唐山

那时交通不便，我不常去

我是在干姥姥家长大的

干姥姥如同我的亲姥姥

那是一个居住着好几家的大杂院

干姥姥家长长的大火炕，挤着全家十余口

那个贫穷的年代，那时候的苦日子

是我们今天这些晚辈们无法想象的

干姥姥用她干瘪的乳房

家里的玉米面糊糊和白薯

养育了八个儿女——六个舅舅两个姨

我们不能不敬佩这位母亲的胸怀和伟大

如同新河岸边的土地

并不肥沃却生机勃勃

如生长在这里的薄荷草、鬼子姜

一年比一年茂盛

父爱

与母爱相比
父爱是深沉而又威严的

在我童年的时候
父亲因工作忙很少顾家
常年出门在外
家里只有奶奶、母亲和我
我们父子之间很少交流，形同陌路

直到父亲去世后，我才明白
父爱是深沉的，厚重的，无需言表
或许这就是我的父爱
父子间的一种默契

记得有一年冬天

父亲下班回家来

带给我一个漂亮的冰车

这是父亲让木匠师傅专门为我精心制作的

和其他小伙伴相比

我的冰车精致极了

让他们羡慕不已

我的心里别提有多高兴了

我上小学的时候

最喜欢打乒乓球

父亲特意从外地

给我买来两盒红双喜牌乒乓球

整整12个

我高兴地把每一个乒乓球

用圆珠笔精心地写上：

1970年10月15日

我刻骨铭心地记住了这一天

永远的父爱

一生中即使只有这两次

我也心满意足

中秋

月亮圆的时候

游子当归

全家人欢聚在一起

母亲比谁都高兴

今晚的月亮圆了

有一个母亲

神不守舍

一夜未睡

远在千里之外的学子

是否感觉到了

母亲的惦记

致友

从你的身上
我看见了从前的我
那个憨厚可爱的我
和他们相比
我是一个好人
我是一个老实人
但是不能和你相比
我是他们的楷模
而你是我的楷模
果园里的硕果
不知为何
走向成熟
也走向坠落

北戴河

北戴河有一条河
古称渝水，今叫戴河
北戴河因此而得名

北戴河不仅仅有一条河
还拥有一座山
有风景有故事的联峰山

北戴河不仅仅有一座山
还拥有一片海
浴场、沙滩、海岸线

集戴河之灵气
联峰之魅力，渤海之胸怀
——这就是北戴河

写给大海

或许是近处无风景
或许是熟视无睹的缘故
总想写一首诗给大海
却未能如愿

相对于江河来说
海是变幻莫测的
对于海
我总是怀有一种敬畏感
年轻的时候喜欢海燕
年老的时候喜欢海鸥
清心寡欲
宁静致远
大海是永恒的，深不可测

我们何其渺小

海——

让我们成为哲人

成为一个思想者

——感叹生命的短暂

思考人生的意义

联峰海市

海市蜃楼是真实的还是虚无的
抑或是大自然的一种物理现象
在北戴河我们叫它联峰海市

北戴河山清水秀，天空湛蓝
海市蜃楼出现的几率就多一些
有文字记载的就有过四次

我常想，海面上的天空像银幕
大幕拉开，如同小时候看电影
播放着一段段北戴河的历史

看！秦始皇的车辇滚滚而来
渤海湾岸边的海礁石上

刻下了他的《碣石门辞》

魏武帝北征班师，东临碣石
一首《观沧海》，惊涛拍岸
气吞山河，无愧"建安风骨"

唐太宗李世民的《春日望海》
不仅仅是风和日丽的一幅春景
展示了世人瞩目的大唐盛世

北戴河是块风水宝地
请到海边来，请到山上来
幸运的话，可以遇见联峰海市

浪花

或激情澎湃
或喃喃细语
一簇簇的洁白的花
围着岸边的礁石
倾情诉说

我多想
化一座礁石于海岸
承受你绵绵不尽的爱抚
当风暴来临的时候
能够为你遮风避雨

潮汐

大海的奥妙是无穷的
大海的能量是永恒的
比如说潮汐——潮涨潮落
中学的时候老师曾讲过
关于太阳、月亮和海
还有万有引力
但我始终弄不明白
或是一知半解

有人说，大自然
与人类有着微妙的关系
——假如你是海
白天的太阳是你爱人
夜晚的月亮是你情人

人世间最伟大的爱情

就是万有引力

在大海边

在大海边
常常一个人徘徊
一小时或十几分钟
看海，对于当地人来说
可谓近水楼台

在大海边
有阵阵海风袭来
这是我一天之中
最清醒的时刻
舒心的时刻

在大海边
人们如此谦卑，不说大话

我们是渺小的，渺小得

如岸边的一个石子

沙滩中的一粒沙

致大海

又一次与你相约
——我喜欢的海
又一次感受到你的温柔
你的神圣，你的深沉
你无边的爱

我喜欢在沙滩上徘徊
漫步在蜿蜒的海岸线
倾听你滔滔不绝的倾诉
观潮涨潮落

我敬佩你宽广的胸怀
纳百川、收江河
你包容了人世间

所有的苦痛与快乐
也包容了我——
我的情，我的爱

生在北戴河是一种幸福
生活在北戴河是一种幸福
情之所依，爱之所在

碧螺秋月

雨过天晴，天高气爽
我们文学沙龙的文友们又一次相约
地点——碧螺塔酒吧公园

今夕何夕？今年是何年
人说十五的月亮十六圆
我们相聚的日子正是十六的夜晚

我们斟满美酒，举杯祝福，吟诗唱赋
皎洁的一轮明月正从海上冉冉升起
祝愿我们的生活像中秋的月亮一样美满

酒正酣，兴正浓，不知不觉月上中天
阵阵晚风飘来戴河两岸的稻谷花香
这是多么令人难忘的夜晚

十五的月亮，是北戴河的月亮

海天一色
皓月当空
北戴河的海，宛如
美丽的科尔沁大草原——
"十五的月亮升上了天空哟
为什么旁边没有云彩
我等待着美丽的姑娘哟
你为什么还不到来哟嗬……"

这首经典歌曲《敖包相会》
人们传唱了半个世纪
词作者是玛拉沁夫，蒙古族人
他有一个同族同乡
从大草原走出来的诗人

——郑道远

郑道远对我们说
玛拉沁夫当年来北戴河
就住在中国煤矿疗养院
出门便是海、老虎石、沙滩
是北戴河的大海
激发了他的创作热情和灵感
一首《敖包相会》便从心底流淌出来
郑道远常常满怀激情地说
十五的月亮，是北戴河的月亮

观看碧螺塔"海上升明月晚会"

一束束五颜六色的光柱
光芒万丈，比探照灯还亮
射向天空，射向海洋

一阵阵大分贝的声波
震耳欲聋。如万钧雷霆一般
滚滚而来，传向远方

来的都是年轻人
老年人怕是欣赏不了
舞台下面是海
观众坐在海上

此时此刻，海

无声无息，像受了惊吓的羊

与我们这些观众一同

观看眼前的这场晚会

沙滩

在浅水湾戏水
在波涛中冲浪
之后，躺在柔软的沙滩
小睡或者是仰望蓝天
听阵阵涛声

拼搏之后
总有一种莫名之感
总有一种喜悦之情
让人感受时光的珍贵
感受人生，感受阳光的温暖
补充失去的那一份热情
然后起身，再次
下水或是披衣上岸

友谊天长地久
——写给李增荣及各位好友

天下没有不散的筵席
是的。整整两年了
我们在一起
在修理厂一起，吃午饭、喝酒
生活上的事情你无所不通
堪称保健和养生方面的大师
我受益匪浅，学到了许多

天南地北，我们之间无话不说
总是尽兴方休
是你，让我的重度脂肪肝
变为中度了，痛风病
两年没有犯了，你让我

招待了那么多的朋友、诗友

生意、陪读，让生活

总是充满变数

从来没有固定的轨迹

所谓人有悲欢离合

月有阴晴圆缺，只能顺其自然

想到此，感慨颇多，心里难受极了

人生得一知己足矣

来世还以同怀视之

幸甚，知己何止一人

我想对身边的朋友说

说点酒话，天堂之路不远

多多谅解，多多珍惜

珍惜我们的友情

时间无所谓长短

友谊天长地久

怀念刘克君老师

一

听朋友说，刘克君老师走了
刚刚过完86岁的生日
于2022年的9月24日那天走了
120天后的2023年正月初二
她丈夫张大光也走了

时光流逝，岁月无情
前辈们一个个都走了
愿他们在天堂之灵幸福
活着的好好活着吧
时刻准备着
该轮到了我们这一代了

二

上中学的时候

刘克君是我们的语文老师

担任我们年级的组长

我是班里的语文课代表

所以和刘老师接触得多一些

刘老师的身体不太好

时常不能上班

为了不耽误学习

刘老师就把语文课

先讲给我们课代表，然后

我们再到班里讲给同学们

因此，我多次去刘老师家里备课

比如：中心思想、段落大意、词语解释等

如幸运的弟子常得到高师的真传

刘老师的言传身教，对我影响颇大

激发了我对文学的兴趣和热爱

三

怀念刘克君老师

怀念金黄的学生时代
怀念我们引以为自豪和骄傲的
——北戴河中学
尽管不是名牌学校

我们喜欢学校的教学楼、教室
上体育课开运动会的大操场
教导处前的一排排大杨树
宽敞的大礼堂，甚至水房
以及我们走过的乡间小路

人生匆匆
那些美好的东西
甚至没有时间回忆
偶尔想起来，百感交集
多次想约刘老师坐一坐
由于她身体不好，又住在岛上
多有不便，我的想法始终未能如愿
今天写一点文字
算是对老师的怀念与追思

第四辑

黄鹂鸟

黄鹂鸟

戴河岸边
有一只会唱歌的黄鹂鸟
从春天唱到夏天
从秋天唱到冬天
一年四季，歌声不断

时而清脆悦耳
时而低沉委婉
时而圆润优美
黄鹂鸟——大自然的歌手

我们常人听到的
只是叽叽喳喳的声音
人不懂鸟语
但黄鹂鸟也有知音

听！
黄鹂鸟又唱起来了
歌词大意是——
我喜欢这片森林
我热爱这片土地
我歌唱养育我的家乡
歌唱纯朴善良的人民

歌唱是我的
天性、本分和义务
我要歌唱——
不厌其烦地唱下去

在梨园小路散步

小路比从前短了许多
一会儿便走到了头
原路回到起点，再重复一遍
就这样来来去去地走
多像那年头
咱们村里的驴拉磨

见到眼前的情形
树上的喜鹊喳喳喳地笑了
世人都说驴最笨
总是沿着磨道转圈圈
人也和驴一样
时而原地踏步
时而走回头路

我不想与鸟儿们争夺领地

院外那片梨园很美
美得无法让你拒绝
那是上等的白酒和葡萄酒的味道
那是酒精对于酒鬼的诱惑
梨花开了

鸟儿们聚集此地
它们俨然成了梨园的主人
成群的喜鹊飞来飞去
是这里的常客
它们还在柳树上搭窝
观察我们的一举一动
偷吃我家鸡狗的食物
惹得鸡狗愤恨不已

却无可奈何

我不想与鸟儿们争夺领地
但是院外那片梨园真的很美
我常在那里待上一会儿
看看洁白的梨花和青翠的野草
呼吸有果木气息的新鲜空气
我想对鸟儿们说
也分我一块梨园的空间吧
让我分享梨园之美
这些要求应该不算过分
为了表示我的诚意
我把米饭分给你们
但鸟儿们仍对我怀有敌意
远距离地反复打量我
喊喊喳喳地像是在议论我

我不想与鸟儿们争夺领地
我们井水不犯河水
保持一段距离
这让我想到我的亲人和朋友
多一份关爱，多一些理解
多一点珍惜

喜鹊窝

梨园边上的排水沟几经治理
虽清澈见底，也回不到从前的样子
比如说消失的小河、鬼子姜、无名草
还有曾经长满这片洼地的薄荷

那年月，一些闯关东的山东人
途经此地，本打算歇歇脚再走
可被满目青翠的薄荷仙草迷住
他们就在这里安营扎寨了

这的确是一方宝地
老人们都说有灵气
西岭外、柳树沟的水常年不断
喜鹊成群地飞来饮水觅食

河边的泡桐树并不高大
它们在树上搭窝筑巢
把这里建成它们的安乐小区

自嘲

葡萄酒和白酒
是我的至交和最爱
我不离不弃的朋友
痛风病的缘故，我只好远离了啤酒
我知道自己对于酒精的依赖
我知道它对身体有伤害
其实，写诗写小说同样伤害身体
取决于你如何看待这个问题

酒精常使我偏执
让我说真话，说别人不敢说的话
当然，也说废话
在触及我心底红线的时候
在忍无可忍的时候，我要站起来

据理力争地辩论一番
我知道自己的表达能力
永远无法与之匹敌
但我知道我们是朋友
论战双方并无恶意

——多情应笑我
笑我不识时务
笑我见识粗陋浅薄
笑我像永不服输的堂吉诃德

种诗

年年生长野草的

梨树边、房前屋后

我开垦了一小片菜地

种点黄瓜和青椒

种点西红柿和芸豆

红红绿绿的劳动成果

与超市买的就是不一样

吃起来的味道更是新鲜可口

值得庆幸的是

我还意外地收获了一本诗集

我知道自己愚笨，绝无神来之笔

却有可能是薄荷仙草相助

在我播种的时候，稍不留神

灵感随种子一并撒入土地
一串串汗珠浇灌出一行行诗句
有耕耘有汗水一·定会有收获

人与鸟的君子协议

这世间荒诞的事多了

也就不以为奇

你以为此事荒谬

那一定是你的错

这儿不是世外桃源

也是一个小小的社会

人与鸟之间

本着公正平等的原则

签署一份君子协议

达成一种诚信互惠的默契

甲方：人类

甲方的权利和义务

无偿听鸟唱歌

享受梨园之美

要为鸟类提供

干净的饮用水、部分食物

还有安全的生存环境

要看住嘎小子们

不能随意拆掉鸟窝

不许上树掏鸟蛋

不许断了鸟的子孙后代

乙方：鸟类

乙方的权利和义务

放心地饮水觅食、搭窝、生儿育女

行为要有节制

不得随意在空中排泄粪便

不许偷吃种子

不许啄食刚出土的幼苗

不许偷吃客人的酒菜

最后：协议于某年某月某日生效

种菜

想不到，种菜
竟然也会上瘾
如同我多年的酒瘾
难以戒掉

边边角角的荒地
村里人放弃的闲地
开垦之后，成为我的
小小菜园，暂时归我所有

下班之后
换上破旧的工作服
一头扎进菜地，收拾菜园
每天都有干不完的活儿

上午如此，下午依旧

生意惨淡清闲了
有足够的时间下地
如果有一天不下地了
猫在家里，写写诗
离天堂近了

土地闲置是一种罪过

农村待久了
对土地也会有感情
我们应该虔诚地待它
它应该和我们身边的
女人一样漂亮，快乐幸福
一样的生儿育女
生长庄稼，生长蔬菜

每每见到杂草丛生的土地
闲置的土地，心中不是滋味
马鞭草花香美丽让人心痛
只长树木不收果实的梨园
荒废几十年了，令人惋惜

这是值得我们深思的一个问题

土地闲置是一种罪过

能量守恒定律

不愿到外边去旅游
不愿锻炼身体
白白出一身汗，消耗能量
做无功运动

让头脑酝酿成诗
把体能转换为蔬菜
豆角、黄瓜、白菜
茄子、辣椒、西红柿……
这样做，是否更有意义

中学的物理课
我们学过的能量守恒定律
终于得以应用
终于有了结果

请到薄荷花海来

紫色的花，幽香的花
花的海洋，花的世界
百亩花海，马鞭草花盛开了

每一株花草，都是有灵性的
她会带给你一生的好运和浪漫
她会带给你真情与永久的爱

你不会拒绝花神之约
缪斯在召唤，请到薄荷花海来

花海中，有一位神秘的白发老者

花海中，有一位神秘的白发老者
他常常对游客们讲马鞭草的来历
讲薄荷村庄的历史——

明万历年间，逃荒过来的山东人
到此安家落户，最初只有谢、贺、李三户人家
以后逐渐发展成为一个村庄，因
村东的洼地盛产薄荷，取名薄荷寨
先到的是大薄荷寨，后来的叫小薄荷寨

花海中，有一位慈祥的白发老者
他总是不厌其烦地重复这些话
我想拜访他，看看他的庐山真面目

他一直不肯现身，他似乎在躲避

我们这些当地人，我恍然大悟

他一定是掌管这片花海的土地神

薄荷对马鞭草如是说

这应该是我们的领地
是薄荷草与鬼子姜的领地
是粮食和蔬菜的领地
是鸡鸭牛羊的领地

你从何处来
成为这里的一大景观
你尽情地展露你的美
你的幽香迷倒了游人

想过没有，我们这些
薄荷族群的感受
草民的感受。包容吧
查一下家谱，我们是近亲
你还有一个名字叫蓝薄荷

树木遮蔽下的修理厂

与梨园的梨花

和薄荷花海中的

马鞭草花，无法相比

树木遮蔽下的修理厂

像一个老者

年老色衰，羞于见人

远不如《红楼梦》里

林黛玉笔下的东施幸运

——效颦莫笑东村女

头白溪边尚浣纱

蓝莓花儿开

有一首《红莓花儿开》
是我们熟悉的俄罗斯歌曲
薄荷花海的马鞭草花
有人叫它蓝薄荷、蓝莓花

当蓝莓花儿开的时候
花海中一条条小路
经常会见到一对对情侣
花海之中卿卿我我
幽香浮动不乏浪漫

百亩花海，有多少株
马鞭草花就有多少美丽的
小精灵，花神会告诉你

这里的一切，比那首歌曲
更动人的故事

忧虑

在花海散步
悠然自得的时候多
有时心情也有起落
甚至兴致全无
远远一看，才发现
什么是四面楚歌

薄荷花海早已被
四周的楼群所包围
开发商的塔吊大得吓人
它的长臂，不时地
从公路上空转过来
你会有一种恐惧感
当一切的一切，不以

人的意志为转移的时候

忧虑总是多余的

薄荷村庄

村东曾有一片洼地
长满了薄荷
这个村庄便以薄荷命名
——大薄荷寨
我生长在这个村庄
我不会忘记这个村庄

难忘儿时的天真
童年的欢乐
中学毕业后回乡
回到这个村庄
在第二生产队干农活
在村里当电工学技术
村庄如宠我呵护我的母亲

没有让我干过累活脏活

当了二十年的工人
下岗再就业的潮头
又送我回村，开一家汽修小店
凭天时地利人和
还有大半生积攒的好人缘
占尽薄荷村庄之灵气
生意还算红火

我想我无愧于这个村庄
或者说没有辜负这个村庄
讴歌北戴河
便是讴歌这个村庄
我热爱的村庄
生我养我的村庄

春天

春天
是一台神奇的永动机
在春夏秋冬的轨道上
往返运行

春天
是大山中的盘旋公路
是阿基米德的螺旋曲线
是人们对于生活的
一种期盼

春天
是闲不住的庄稼人
在冬季之后
开始下地干活

春天的脚步

溪水在残雪中缓缓流动
小草在枯叶下悄悄滋生
漫长的冬夜正在悄悄过去
东海又升起一轮红日

春天正悄悄走来
我听到了你的脚步声声

乡村晨曲

鸡鸭鹅狗的叫声

唤醒了黎明

唤醒了乡村

唤醒了庄稼人

太阳从晨雾中探出脸来

春风吹拂

殷勤地为村庄美容

男人们起早下地

女人们也不清闲

在自家小院里忙忙碌碌

小贩的吆喝声

回荡在村子里的

每一条街筒

秋殇

今年雨水特别多
我家的小菜园被水淹没
前期的瓜果长势喜人
没有成熟就落地了

野草茂盛
欲与花儿比高低
花海中空无一人
大片的马鞭草花枯萎

门店生意也不景气
这一切都已成为常态
秋风秋雨过后，便是冬天
冬天来了，春天还会远吗

三月的雪

三月的雪，飘飘洒洒
飘洒在记忆深处
飘洒在我的学生时代

一树树梨花开放
一片片柳絮飞舞
雪花覆盖了乡村小路

放学回家的学生们
奔跑在白茫茫的大地上
像一群欢乐的小鸟飞回家

上班路上

车辆、人流、自行车
拥挤在上班的路上
城市像大海
大海在涨潮

这可不是闲庭散步
更没有田野小路的悠然
在潮水一般的人群里
你不能停下来，你会随波逐流
停下来，你就成为绊脚石
你会受到伤害，甚至被淘汰
我们知道什么是惯性定律
人人都有一种紧迫感
忧虑不是多余的
或许，这会成为一种动力

山

山，对于我
永远是一种诱惑

想当初，我奔山而去
我走山也走
我与山之间
感觉总是那么遥远
我不明白，山为何躲我

幸好我没有放弃
再苦再累也要坚持
我奔山而去，不知走了多久
终于到达山下了

山，热情地向我伸出手来
我不再犹豫，爬上山顶
看到了许多美丽的景色

第五辑

写给海子

写给海子

一

一本厚厚的新诗史
不能没有海子
如一年轮回的四季
不能没有春天

春天来了
对于我们写诗的人
尤其是诗人角的诗友们
不能不想起海子

二

写诗，只是一种爱好
是可有可无的事情
或者是一种工具

没有谁，能够
像海子那样执着
把诗歌看得
比生命还重要

三

我们可以
很轻松地谈论人生
却不愿谈论死亡
甚至不愿谈论海子

殊不知
珍惜生命，热爱生活
恰恰是海子
给我们的某种启示

春天，想起海子

一

春天，想起海子
很想去橡树岭，看看海子
看看沉默了
一个冬天的海子

二

海子是诗人
一个真正的诗人
当我们用笔写诗的时候
海子却用生命
一个用生命写诗的人

——海子

三

不懂海子
何必谈论诗歌
不是诗人
何必谈论海子

四

当我们选择了诗
就已经选择了付出
精力和时间，甚至生命
与爱一样，诗
或许是死亡的暗示

五

人，应该
活得有意义
死得其所，这才是
生命的意义

三月

生于三月
死于三月
三月，是属于海子的

三月
最忙碌的是老郑
还有诗人角的诗人们

三月
诗人们开动脑筋
创作关于海子的诗
老郑组织谋划一系列活动

海子是幸运的

选择把生命终结在岛上

又幸遇老郑，和我们这些人

海子石的故事

——写给诗人郑道远

那一天
我和老顽童又去塘子寨看海子
发现园子里的海子石不见了
难道石头会飞？一打听
若想弄清此事，去找老郑

我们一直以为老郑
擅长写诗，是性情中人
却不知道他竟会搬运术之功夫
一夜之间，把海子石
从塘子寨搬运到橡树岭

原来的海子石

周围是一片人工湖

像护城河一样守护着海子

这石头少说也有十几吨重

况且这一段路程也不近

花这么大的力气

费这么多的周折

为的是什么？

难怪人们都说诗人是魔怔

海子石前

轻轻祝福海子

幽燕之地

山海之间

你终于有了一个家

你是一个幸福的人

有诗人角的诗友们陪伴

你永远不会孤独

而这一切

我们都应该感谢老郑

橡树岭之约

三月
赴橡树岭之约
三月
去诗人角论诗

华山论剑
诗人角争雄
谁是高手？
谁获榜首？
这些真的不是很重要

大智若愚
大巧若拙
四海之内皆兄弟

我们只是以诗会友

重在参与

不论高低

春天的橡树岭

太阳一点点温暖
大地的体温日渐上升
鸟声打断了岭上的宁静
我们跟随着季节
去橡树岭走走，看看老郑

岛上诗人真的不少
都是朋友，都是诗友
相约相会，饮酒赋诗
没有激情的爱是长不大的
酒精点燃了诗歌的豪情
没有激情的诗是不被看好的
诗人们恰恰不缺少激情

看！
好客的橡树岭正在忙碌着
招待这些远道而来的朋友

写给寒风中的老郑

寒风中站立着一位老人
一位值得尊敬的老人
他一直在等待，等待着
等待着诗友们前来取书

他的面容是那么的慈祥
他的等待是那么的虔诚
这么大的一把年纪
为了诗歌，一直在苦苦支撑

岛上诗歌界的一面旗帜
毕业于诗歌界黄埔军校第七期
性情中人，宝刀未老
我们最喜欢的老郑

刘冷月印象

冷冷的名字

冷冷的月亮

冷峻——

一定是您的风格

热心待朋友

冷眼看世界

突出的额头

奇特的大脑

饱经沧桑的脸

平易近人，心肠好

极像一个不讲究穿戴的老农

看不出您是一位作家

一位民间报人

孩子们看见您也会高兴
会甜甜地叫一声老爷爷
喜欢和您一起玩，喜欢您
就像他们喜欢的唐老鸭

您太朴实了
朴实的——让您的
每一位朋友，从此以后
不敢再以貌取人

您让我想了很多
当下的民间文化人，太不容易

第六辑

赤土山村拆迁一页

雨中的赤土山村

按约定好的时间地点聚集后
顶着蒙蒙细雨
我们一行走进赤土山村

或许是因为天气的缘故
一些观望的村民和匆匆的工作人员
脸色和天空一样阴沉
默不作声，或低声议论着
关于赤土山拆迁一波三折
我们早有耳闻

一处处坚守的楼房
到处是倒塌的墙壁和废墟
数台钩机轰鸣着

毫不理会人们的脸色与天气

雨中走访赤土山

我们谨慎地在瓦砾上行走

虽然没有遇上好天气

我们却巧遇熟人——

临时抽调到这里的

热力公司张作旺书记

他带领我们走进拆迁办公室

热心地介绍了他们的亲身经历

工作组张作旺同志如是说

这是一个拥有896户2515口人

仅有土地500多亩

依山傍海的村庄

村民们祖祖辈辈生活在这里

如今，他们不仅仅打渔种地

更多的是开发旅游产品

经营宾馆和民宿

赤土山村拆迁

是遗留了11年之久的难题

考验着我们地方政府的执政理念和能力

大部分村民早已入住新村

还剩下196户不走

人们更多的只是关注村民眼前的利益

有没有其他缘故
一砖一瓦垒起来的家园
难舍难分的乡土情结
这些都需要我们做细致的思想工作
化解矛盾

我们住建组是3片4组共计6人
包做9户村民工作
有的户主见人就躲
有的户锁头看家，手机不接
仅仅和村民见上一面都难上加难
需要几经周折
约见村民杨鹭——
我们从中午12点谈到夜间12点
谈了整整12小时
最后她哭着说听政府的
明天搬家

整整十天的攻坚战
我们的工作终于大见成效
动之以情，晓之以理
就没有解不开的结

站在赤土山上，我们见到的

站在赤土山

这个并不算高的小山顶

我们再仔细看一看这个村庄

看看周边景色

会比原来看得更全面

感觉更深刻一些

山脚下是观鸟湿地

有大片森林一条新河

东邻鸽子窝公园

放眼望去

是蓝天和大海

凸显赤土山天然的地理位置优势

把原来规划的商务开发调整为特色小镇

是这一届区委区政府的英明决策

老百姓认可

赤土山新村一瞥

一栋栋高楼连着一栋栋高楼
——好大的楼群
在这里你会看到农村
和城里并没有区别

三月的北戴河
最繁忙的地方是赤土山新村
忙着收拾新房，忙着搬家
所有的人都在忙碌着

当挖掘机制造的雾霾
散尽之后，雨过天晴
还是一个艳阳天
人们会见证这段历史

历史会记住这一切
住有所居，老有所养
老百姓的期盼再简单不过
——还有赤土山的美好前景
和政府对老百姓的承诺

游六峪山庄

燕山余脉的七梁六峪沟
是大自然的造化
六峪山庄，早就远近闻名
越往山里走
越感觉山里人厚道

十月一日的一天
作为特约嘉宾我们到此一游
上山采摘，走马观花看看山庄的风景
中午吃了一顿农家饭，带回了
不少瓜果，收获颇丰

说实话山庄并不是很美
景区开发建设似乎刚刚开始

但是，山庄主人的热情款待
让我们难以忘怀，甚至有些惭愧
我们不该采摘那么多的瓜果
谁知道结账时他们分文不收
真想为乡亲们做点什么，却无能为力
写首小诗吧，默默地为山庄祝福

游山海关三清观

小院清新幽静

一棵古树参天

一身斑驳，饱经沧桑

七百岁苍龄，树冠依然葱绿

树干纵横交错

如十几条龙在缠绕

——人称盘龙树

惊叹古城人杰地灵

游山海关三清观

并不在我们的计划之中

偶然还是巧合？或许

我们与道家有缘

秋游兔耳山

谁能经得起大自然的诱惑？
我不再坚持自己先前的歪理邪说
和诗友们赴兔耳山之约会
选择在十一长假之后的深秋时节

山里的草木已见枯黄
只有一些无名的野花还在开放
我们一行数人行走在山间小路
看看兔耳山迷人的秋色

上山时我们轻松地哼着小曲
走到半山腰开始气喘吁吁
接近山顶时累得不再言语
由开始的行走到最后的攀爬

往返四小时的路程让我们身心疲惫
有惊有险，苦中有乐，颇有收获

值得一提的是，走在后面的那一位
那位拄着拐杖，有君子风度的人
我们很早以前就相识的挚友
怜香惜玉的护花使者——刘海臣

南山村一瞥

这些年，山里也修建了公路
修建了一条让农民致富的路
山里人管它叫"天路"

车过南山村
我们经过天路
路边的山楂树挂满了山楂
一片连着一片
真的是"山里红"
多么诱人的山楂树

我们停车下来
买了好多的山楂
山里人淳朴

从来不斤斤计较

这里的人美

南山村的南山美

比陶渊明诗里的那个南山更美

迷人的野菊花

一进山，首先映入我们眼帘的
是那一片片橘黄色的野菊花
走在山路上，我们时常见到她

进山时，就听老人说
山上的石头有灵性，山里的
花草会迷人，尤其是野菊花

没听老人言，我和卢兄
贪心地采集了那么多的野菊花
准备带回去晒干了冲水喝
一定是我们不小心惊动了花神

我们两人的举止似乎有些异常

着了魔一样，一溜烟儿地往前跑
我们被兔耳山的野菊花迷住了

围挡

长长的围挡
高高的围挡
绿色环保的围挡
矗立在道路一旁

温馨的广告词
诗一般的标语口号

看不清里面的施工现场
和日夜忙碌的民工们的身影
只见高大的塔吊作业
和拔地而起的楼群

风吹不倒的围挡

雨淋不垮的围挡
却挡不住无形的资本大鳄
它的胃口有多大
你无法想